NORMAN BRIDWELL
Bertrand,
le chien de pompiers

Texte français de Lucie Duchesne

Les éditions Scholastic
123, Newkirk Road, Richmond Hill (Ontario) L4C 3G5

À Maxwell Bruno Wayne

Données de catalogage avant publication (Canada)
Bridwell, Norman
Bertrand, le chien de pompiers

Traduction de: Clifford, the firehouse dog.
ISBN 0-590-24375-6

I. Titre.

PZ23.B75Be 1994 j813'.54 C94-931313-0.

ISBN 0-590-24375-6

Titre original: Clifford the Firehouse Dog
Édition publiée par Les éditions Scholastic,
123, Newkirk Road, Richmond Hill (Ontario) L4C 3G5

4 3 2 1   Imprimé aux États-Unis   4 5 6/9

Bonjour, je m'appelle Émilie Élisabeth
et voici mon chien, Bertrand.
Bertrand n'est pas le plus vieux de la
famille, mais il est le plus gros.

La semaine dernière, Bertrand et moi
sommes allés en ville rendre visite au
frère de Bertrand, Horace.
Bertrand connaissait le chemin.

Horace habite dans une caserne de pompiers.
Il est chien sauveteur.

J'ai demandé aux pompiers si Bertrand pouvait
les aider. Ils se sont dit qu'il était exactement
de la bonne couleur pour faire ce travail.

Au même moment, un groupe d'élèves est
arrivé pour suivre un cours sur la sécurité
en cas d'incendie.

Horace leur a montré ce qu'il faut faire
si leurs vêtements prennent feu.

STOP!

À TERRE

ROULE-TOI

Pour étouffer les flammes,
il ne faut plus bouger.
Jette-toi à terre tout de suite
et roule-toi par terre jusqu'à
ce que le feu s'éteigne.

Bertrand s'est dit qu'il pouvait
lui aussi enseigner aux enfants.
Il a répété le cours aux élèves.

Il a arrêté de bouger.

Il s'est jeté à terre.

Il s'est roulé par terre.

Il a roulé un peu trop.

Au même moment, nous avons entendu la sirène.
Il y avait un incendie!

Horace est resté pour surveiller les enfants.
Bertrand et moi sommes partis au-devant.

INTERDIT

Bertrand dégageait la voie pour
les voitures d'incendie.

De la fumée s'échappait du dernier
étage d'un gros édifice. Bertrand a fait
reculer la foule dans un endroit sûr.

Il a aperçu des gens
en danger.

Bertrand s'est lancé à leur secours!

Le lourd tuyau était difficile à dérouler.
Bertrand a aidé les pompiers.

Mais il s'est rendu compte que
la bouche d'incendie était bloquée.

Heureusement que Bertrand
était là pour la dévisser.

Il fallait faire sortir la fumée de l'édifice.
Bertrand a fait un trou dans le toit.

Les pompiers avaient besoin de plus d'eau.

Bertrand en a trouvé.

Il a aidé à dissiper la fumée.

Quand l'incendie a été éteint, Bertrand a aidé les pompiers à sortir de l'édifice en toute sécurité.

Ils l'ont remercié pour tout ce qu'il avait fait.

Nous avons ramené quelques
pompiers à la caserne.

Bertrand était devenu un héros! Le chef
des pompiers l'a proclamé chien sauveteur
honoraire, tout comme son frère Horace.

LES RÈGLES DE SÉCURITÉ EN CAS D'INCENDIE

1. Colle le numéro de la caserne de pompiers sur le téléphone*.

2. Trouve deux sorties différentes pour fuir ta maison ou l'immeuble où tu habites.

3. Choisis un endroit du voisinage où toi et les autres membres de ta famille pouvez vous rencontrer si vous devez quitter la maison et être séparés.

4. Si ta maison est en feu, sauve-toi et n'essaie pas de rentrer dans la maison, sous aucun prétexte.

5. Dis à ta maman ou à ton papa de changer la pile des détecteurs de fumée tous les ans, à ton anniversaire.

6. NE JOUE JAMAIS avec des allumettes.

7. N'utilise jamais la cuisinière si un adulte n'est pas près de toi.

* Dans certaines localités, il y a un numéro d'urgence, le 9-1-1. Renseigne-toi pour savoir si ce numéro existe chez toi. De plus, on peut programmer des numéros sur certains téléphones. Demande à tes parents s'ils ont programmé un numéro d'urgence ou le numéro de la caserne, et demande-leur de te montrer comment cela fonctionne.